DES
ATELLANES,

THÈSE

PRÉSENTÉE ET SOUTENUE

DEVANT LA FACULTÉ DES LETTRES DE DIJON,

POUR OBTENIR

LE GRADE DE DOCTEUR ÈS-LETTRES,

LE 30 AOUT 1842,

PAR

MAURICE MEYER,

Licencié ès-lettres.

PARIS

IMPRIMERIE DE H. FOURNIER ET Cᵉ,

RUE SAINT-BENOÎT, 7.

1842

A MES FRÈRES,

Témoignage de ma vive affection.

M. MEYER.

DES ATELLANES.

Les productions dramatiques des Romains qui sont le mieux connues parmi nous sont généralement celles où l'art grec a servi de modèle ou d'inspiration et qui ne portent pas l'empreinte unique du caractère Romain. C'est à l'éclat que ces œuvres d'emprunt ont jeté sur les lettres romaines qu'est due la quantité des copies qui en sont restées ; c'est par le grand nombre et la bonne conservation de ces copies, parvenues jusqu'à nous, que nous avons acquis la connaissance familière de toute cette littérature d'imitation. Mais cette popularité de certains ouvrages a ajouté encore à l'obscurité où est à peu près restée une partie intéressante du génie dramatique de ce grand peuple. On connaît à peine le théâtre entièrement national où accourait cette foule du bas-peuple qui, comme Marius, était demeurée étrangère et résista longtemps à toute civilisation qui n'était pas Romaine. C'est là cependant que se montraient dans toute leur beauté sauvage, avec leur séve forte et sans mélange, les véritables productions de l'esprit du sol. Dans ce coin obscur de la société d'alors, que Plaute a laissé entrevoir, sur ce modeste théâtre, se révélait avec toute sa pétulante énergie le vrai caractère Romain, refoulé ou amoindri sur d'autres scènes. Là les laboureurs, les artisans, tous les gens du peuple venaient applaudir des improvisations dont leur vie domestique était souvent le sujet, des plaisanteries plus effrontées que fines, qu'ils trouvaient sans fiel, des noms ou des personnages comiques dont la tradition était un héritage de leurs ancêtres. De ce répertoire populaire, dont nous ne possédons que de faibles restes, les pièces les plus anciennes et qui paraissent les plus originales sont les Atellanes. Nous voulons tenter d'en réunir tous les éléments les plus caractéristiques, afin de reconnaître en partie ce qu'a pu fournir dans l'art dramatique Rome dégagée de toute préoccupation étrangère et uniquement livrée à ses propres inspirations, afin de restituer, s'il se peut, quelque chose de son génie individuel.

Pour expliquer l'introduction des Atellanes à Rome, il faut remonter jusqu'à la Satire ; nous allons l'essayer.

DE LA SATIRE PRIMITIVE ET DE LA SATYRE.

La coutume des chants destinés à la raillerie est chez les Romains presque aussi ancienne que Rome même. Dès l'origine, les habitants des champs avaient l'habitude de se divertir, dans leurs fêtes rustiques, par des attaques mutuelles et des plaisanteries aiguisées en vers barbares[1]. Les jeunes gens, le jour des noces de quelque parent ou de quelque ami, chantaient souvent des couplets moqueurs qu'inspiraient la joie et la circonstance[2]. A Rome, la raillerie et la satire en vers se donnaient carrière encore dans d'autres occasions, car nous apprenons que l'on ne put longtemps tolérer leurs mordantes licences, par le passage de la Loi des Douze

1. Virgil., Georg. II, 385. — Horat. Epist. II, 1, 145.
2. Festus voc. *Fescennini*. — Catull., Carm. LXI, 12 et 126. — Servius ad Æneid., lib. VII, 695. — Cf. Claudian., XI-XIV, pag. 96, édit. Bipont. — Menage, mot *Charivari*..

Tables, qui défend de telles chansons satiriques sous les peines les plus infamantes[1]. L'époque de la publication d'une défense aussi sévère (304 de R.) nous prouve que les excès de la Satire n'en suivirent pas immédiatement la naissance[2]. Horace, en quelques vers, nous fait connaître ses vicissitudes principales. — D'abord simple badinage essayé aux solennités que les villageois consacraient à la Terre, ou mêlé aux fleurs et au vin qu'ils consacraient au dieu Genius, elle devient bientôt hardie et éclate en vers fescennins. Cette liberté de la raillerie que l'allégresse des fêtes semble permettre se fait accepter facilement; elle se joue avec grâce dans des dialogues versifiés, elle lance la médisance et la honte en riant; sa nouveauté la rend aimable, et ses traits piquent longtemps sans blesser. Mais ses libertés finirent par dégénérer en excès : ses jeux devinrent dangereux, ses badinages se tournèrent en rage, et ses atteintes en cruelles menaces. Les victimes s'émurent, et ceux qui craignaient de le devenir réclamèrent avec elles. Une loi mit fin au mal, les vers méchants furent défendus, et les poëtes obligés de dire le bien et de plaire[3].

Dans ces disputes alternatives, dans la réciprocité de ces innocentes injures, on peut reconnaître déjà le germe d'une sorte de comédie. Ce qui peut prêter encore à le faire entrevoir c'est la figure que prenaient ces acteurs de village. Les uns se peignaient le visage avec le suc de certaines plantes colorantes[4]; les autres se couvraient de masques d'écorce pour se donner des traits effrayants[5]. Virgile, en épurant

---

1. Cicer. Tuscul., iv, 2. — Cf. Horat., Sat. II, 1, 80-83. (Plus tard cette loi fut appliquée à la scène; Cicer. de Republ., ap. August. Civit. Dei, ii, 12, 13.)
2. Les Douze Tables furent publiées complétement en 304 de R.
3. Horat., Epist. II. 1, 139-155. — Cf. Epist. ad Pison., 210 seqq.
4. Tibull., lib. II. Eleg. i, vers 55.
5. Virgil., Georgiq. ii, vers 387.

plus tard , en embellissant de son génie des dialogues du même genre, nous donne à la fois une idée de ces scènes primitives et comme un avant-goût de celles du théâtre ; et c'est ainsi qu'il a pu dire :

Nec erubuit sylvas habitare Thalia [1].

Telle fut la Satire primitive à Rome. Avant d'en suivre certaines vicissitudes , il est indispensable de marquer sa place distincte à un genre qui , malgré quelque analogie de formes et de nom avec la satire, s'en sépara cependant quelque temps par un caractère spécial. Il s'agit de la *Satyre*, divertissement différent dont l'origine, dit Denys d'Halicarnasse, appartenait à la Grèce, et dont la courte histoire peut être retracée ici. — Un passage de Fabius Pictor, le plus ancien des historiens latins, pourra nous en donner une idée assez exacte. C'est le récit, copié par Denys d'Halicarnasse [2], des jeux célébrés à Rome en 258, d'après un vœu de Posthumius qui venait de vaincre les Latins au lac Regille. Après une longue description des tableaux divers et du cortége de la fête, l'écrivain fait apparaître, à la suite des athlètes, les chœurs des danseurs divisés en trois classes. Ils sont suivis du Chœur des *Satyres* qui dansent la σίκιννις grecque [3]. Les uns représentent des Silènes et portent des tuniques velues et des manteaux entrelacés de toutes sortes de fleurs; les autres, vêtus en Satyres et couverts de peaux de bouc, la tête hérissée, ridiculisent par une grotesque imitation les danses graves et toute la pompe qu'ils ont sous les yeux. Enfin la hardiesse des propos et des vers malins se joignait à celle de la pantomime et venait compléter ce spectacle dont la

1. Virgil., Eclog. vi, vers 2.
2. Denys d'Halicar. Hist. rom., vii, chap. 72. Edit. Reisk.
3. Danse satyrique. Voir Athénée, lib. xiv, p. 629, D. et 630. B. — Hesych. voce σίκιννις , tom. II. edit. Alberti. Lugdun. Batav. 1766, p. 1185.

date n'est pas sans importance. C'est un an après l'institution régulière des Saturnales [1] que fut célébrée cette fête triomphale.

En tête ou à la suite de ce cortége figuraient le plus ordinairement des personnages ridicules ou effrayants. destinés à plaire à la populace. C'étaient le monstre appelé *Manducus* [2] et deux masques de femmes, nommées *Citeria* et *Petreia*. La première insultait joyeusement les assistants ou les passants, l'autre était ordinairement ivre [3].

Souvent même, dans ces solennités guerrières, les chants de la louange s'entremêlaient à ceux de la raillerie. C'est ainsi que, en 344, le consul Valerius était accueilli par de malignes saillies en vers dialogués, sorties des rangs où retentissait en même temps l'éloge du tribun Mœnius [4]. D'autres fois on choisissait le moment ou l'anniversaire des funérailles pour y faire figurer ces chœurs de Satyres [5] ou pour en imiter les danses, comme Virgile nous l'apprend au sujet du berger Daphnis [6].

Jusqu'ici c'est au milieu des coutumes militaires, des institutions religieuses de la patrie que se confondent les improvisations de la Satyre. Comme délassement intellectuel, comme composition littéraire, nous n'en retrouvons que des

1. Voir T. Live, II, 21. — Cf. Macrob. Satur., lib. I , ch. 7 et 8. — Varro de Antiq. rerum divin., lib. VI, ap. Macrob. lib. I, 8.

2. Plaut. Rudens, act. II, sc. 6, vers 51. Festus, voc. *Manducus*.

3, Festus, voc. *Petreia* et *Citeria*.

4. T. Liv., IV, 53. — Cf. Denys Halic., II, 34.

Voir pour les triomphes : T. Liv., IV, 20, — V, 49, — VII, 10 et 83, — X, 30. — Plin., XIX, 8. — Dion., XLIII. — Suet. J. Cesar, 49. — Plutarq. Paul Emil., 22.

5. Denys Halic., VII, 72. — Cf. Sueton. Tiber., 57. Vespasian., 19.

6. Virg., Eclog. V, vers 73 :
    Saltantes Satyros imitabitur Alphesibæus.

traces équivoques. A part un ou deux vers[1] dont les indications sont fort douteuses, on ne connaît point alors d'écrits particulièrement Satyriques. Mais dans la suite le goût du théâtre qui, avec celui de l'imitation grecque, s'était promptement développé depuis les heureux essais de Livius Andronius, paraît avoir gagné jusqu'aux Satyres. Peut-être sont-ce des Satyres dialoguées que ces σατυρίκαι κομῳδίαι que composait Sylla, l'ami de Roscius, le protecteur, le bienfaiteur des mimes et des bouffons[2]. Sans doute aussi, au siècle d'Auguste, les Pisons s'essaient ou veulent s'essayer à composer des pièces satyriques où doivent revivre les Satyres et même les Faunes antiques avec leurs saillies moqueuses et leur caractère rieur, et Horace leur apprend avec délicatesse l'art de rester originaux et d'éviter la ressemblance du drame satyrique des Grecs[3]. Il se peut que, séduits par la popularité des Atellanes ou des pièces grecques, Sylla et les Pisons aient voulu, à leur tour, créer ou réhabiliter ce genre sur la scène *satyrique*. Car il n'est pas douteux que la Satyre a eu à Rome un théâtre qui portait son nom. Vitruve, en décrivant les trois espèces de scènes destinées au théâtre Romain, donne la troisième place à celle qu'on nommait *satyrique*, dont il dépeint en détail la décoration agreste[4]: et Donat, dans ses Prolégomènes sur Térence, fait figurer la satyre romaine sur un théâtre pareil[5]. — Quel que soit le de-

1. Marius Victorin., IV, p. 2591, édit. Pustch :

> Agite, fugite, quatite Satyri.

Virg., loc. cit.—Ovid. Pontic. IV, 16, 35.

2. Athen. Deipnosoph., VI, p. 261, C. — Plutarch., Sylla, chap. 36.

3. Horat., Epist. ad Pison, 225-250. — Lydus de Magistr., Rom., édit. Hase, I, p. 70 : Μεθ᾽ ὃν (Ῥίνθωνα)... οἱ νεώτεροι... τοῖς μὲν Ῥίνθωνος μέτροις χρησάμενοι... τὴν σατυρικὴν ἐκράτυναν κομῳδίαν.

4. Vitruv. de Architec., v. 6.

5. « Hæc quæ satyra dicitur ejusmodi fuit ut in ea quamvis duro et agresti loco (Casaubon a corrigé à tort par *joco*) de vitiis civium... carmen esset. »

gré de vraisemblance de nos conjectures, il faut supposer
néanmoins que jusqu'à la tentative de Sylla, et même dans
la suite, ce théâtre admit aussi indistinctement soit les Atellanes et toutes les pièces appelées *planipedia*, soit, comme
le prétend Munk[1], toutes celles dont le sujet était champêtre.

Il est facile maintenant de reconnaître clairement la diffé-
rence des deux genres dont nous nous occupons. Bien qu'au
premier abord ils paraissent se confondre, ils se détachent
cependant l'un de l'autre par des points distincts. Les danses
satyriques en l'honneur de Posthumius ou du berger Daphnis[2] n'ont pas leurs analogues dans les jeux des champs
décrits par Horace et Virgile. Chez les antiques campagnards
qu'ils nous montrent, la danse n'est qu'un divertissement
accessoire au chant. Le plus souvent même elle est négligée
et les auteurs n'en font pas mention[3]; tandis qu'elle est
l'élément ordinaire du jeu des Satyres. Ici le déguisement
est habituel et certains costumes mythologiques sont même
un ornement, sinon indispensable, du moins en rapport
avec le personnage, comme nous l'apprend le passage de
Fabius Pictor. Là le vêtement n'est pas même nommé : à
part les masques d'écorce et les figures peintes dont parlent
Virgile et Tibulle, tout autre déguisement ne fait pas partie
des réjouissances solennelles. Dans la Satire, c'est la fête
de la Terre, de quelque divinité des champs ou du dieu
Genius, c'est la célébration d'un mariage qui appellent les
divertissements, les vers fescennins et saturnins; dans la
Satyre, c'est une victoire ou une mort qui les provoque.
Dans la première, les insultes sont réciproques entre les
villageois; les vers joyeux se croisent ordinairement et n'at-

1. Munk., de Fabulis Atellanis. Lipsiæ, 1840, in-8, p. 82.
2. Voir plus haut Den. Halic. et Virg., loc. cit.
3. Horace, Epist. II, i, 139-155, ne parle pas de danse.—Virg.,
Georgiq. ii, 385, ne dit point que les Ausoniens aient dansé en chan-
tant leurs vers désordonnés.

taquent que ceux mêmes qui les chantent. La seconde s'adresse tantôt à un général, à quelque éminent personnage, sans qu'il y ait réciprocité de leur part, et tantôt ses jeux honorent la tombe de quelque citoyen opulent ou le souvenir d'un mort fameux.

Cependant, excepté quelques improvisations satyriques mêlées encore aux cérémonies du triomphe et de la mort, la *Satyre* sembla s'être confondue, ailleurs et plus tard, avec la *Satire* romaine. Ainsi, au VI⁰ siècle, on croirait les reconnaître toutes deux dans les habitudes d'un certain Cécilius. Ce sénateur étrange avait reçu de Caton le surnom de *Fescennin* parce qu'il avait coutume de descendre de cheval pour danser en pleine rue et débiter des plaisanteries aux passants. « Il chante, disait il, où bon lui semble : parfois « il récite en gesticulant des vers grecs, dit des bouffonne- « ries, prend des tons divers et exécute certaines danses[1]. » Ce mélange paraît encore dans ces prières de la moisson que les villageois, au temps de Virgile, entonnaient en l'honneur de Cérès et qu'ils entremêlaient de danses désordonnées[2], et dans ces insultes dont les effrontés vendangeurs harcelaient alors les passants[3].

C'est là ce qui explique la confusion qui existe à ce sujet, même chez les auteurs les plus voisins de cette époque. L'association des deux genres a rendu incertaine la véritable étymologie du mot *Satyre*. Donat dit formellement que la *Satyre* latine tire son origine de la Satyre grecque, ainsi nommée des Satyres pétulants et bavards qui la représentaient, et il rejette comme vicieuse toute autre étymologie[4]. « La Satyre romaine, ajoute-t-il, quoique jouée sur une

---

1. Macrob., Satur. II, 10. — Cf. Plaut., *Persa*, act. v, sc. 2, vers 43.
2. Virg., Georg. I, 135.
3. Horat., sat. I, VII, 28. — Cf. *Id.* I, v, 51, sqq.
4. Donat Prolegom. Terentii.

« scène grossière et à peu près toute champêtre, s'occupait
« des vices sans nommer personne. » Évidemment Donat ne
reconnaît plus qu'une seule Satyre et qu'un seul nom.— Au
contraire, Porphyrion, un des commentateurs d'Horace, en
cherchant à expliquer le nom originaire de la *Satire*, ne
mentionne plus que celle qu'il commente[1]. — Enfin Diomède, au ve siècle, se perd dans les étymologies qu'il
cherche à ce mot[2]. Il en essaie quatre différentes, dont la
première fait venir le mot *Satyra* du chant railleur des Satyres, et son choix ne sait déjà plus se fixer à aucune.

LES ATELLANES A ROME JUSQU'AU TEMPS DE J. CÉSAR. — LEUR CARACTÈRE.

Le passe-temps de la Satire et les spectacles du Cirque
suffisaient depuis longtemps à la satisfaction des esprits Romains, lorsqu'en 391, sous le consulat de Pœticus et de Sto-
lon[3], se déclara tout à coup une peste dont les ravages dé-
fiaient les ressources de l'art et de la prière. Au milieu du
découragement général on songea, pour apaiser plus sûrement les dieux, à tenter la célébration de solennités extraor-
dinaires, rehaussées pour la première fois par la nouveauté
des jeux scéniques. De l'Étrurie qui, en 138, avait déjà
fourni des gladiateurs et des cavaliers au Cirque romain[4]
furent appelés des pantomimes dont les jeux offraient
d'abord une grande simplicité. Car ils n'étaient ni relevés

1. Porphyrio in Horat., liv. I, sat. i : Lanx plena diversis frugi-
bus... saturæ nomine appellatur. — Ergo et hoc carmen propterea
saturam appellaverunt quia multis et variis rebus refertum est. —
Cf. Casaub. de Satyric. Græca poesi et Roman. Satir. Paris,
Drouart, 1605, in-8, p 319, 323-24.
2. Diomed., liv. III, édit. Putsch, p. 482.
3. Tite-Liv., vii, 2.
4. Tite-Liv., i, 35. — Cf. *Id.* i, 56.

par des vers récités, ni même accompagnés d'une pantomime destinée à en reproduire la pensée. Ils consistaient
seulement en quelques danses exécutées avec grâce aux sons
de la flûte. La jeunesse romaine se mit aussitôt à les imiter,
en mêlant à ces divertissements les badinages réciproques
de l'ancienne Satire et des gestes analogues aux paroles.
Au bout de quelque temps ces informes essais, encouragés
par la vogue, devinrent une institution, ces acteurs novices
furent remplacés par des comédiens réguliers qu'on nomma
Histrions, et aux mutuelles plaisanteries, improvisées jusque
là en vers grossiers, succédèrent des Satires en vers caden-
cés, où la flûte gouvernait la déclamation et les mouvements.

Longtemps les Romains se contentèrent de ce genre de plaisirs. Cependant, plus ces jeux devenaient un art, plus allait
être inévitable un retour nouveau vers l'ancienne Satire où la
vivacité joyeuse et caustique, l'esprit libre et prompt étaient
tout le talent. Ainsi, lorsque Livius Andronicus, en 514, eut
apporté une perfection nouvelle aux compositions scéniques
de son temps en leur donnant pour la première fois la régu-
larité du théâtre grec, la gaieté et les saillies en vers libres,
bannies de la marche uniforme du drame, finirent par se
faire jour ailleurs. Elles furent renouvelées avec la satire
d'autrefois que la jeunesse rapporta, en se réservant à elle
seule le droit de la représenter. Dans la suite, cette satire
fut modifiée, ses badinages prirent le nom d'*Exodia* et
furent ordinairement intercalés dans les fables Atellanes,
sorte de pièces satiriques empruntées aux Osques.

Ici s'arrêtent les seuls renseignements fournis par Tite-
Live sur les Atellanes et sur les modifications principales
qu'éprouva la Satire. Essayons de développer avec exac-
titude ce qu'il n'a fait que montrer.

C'est du pays des Osques[1], peuple de la vieille Campanie,

1. ou Opiques, voir Festus, voc. *Oscé.*

que les Atellanes furent apportées à Rome. Elles avaient emprunté leur nom d'Atella, ville de ce pays, où elles avaient pris naissance [1]. Il est remarquable que les Osques avaient chez les anciens une réputation de plaisants obscènes et grossiers, d'audacieux bouffons [2] qui a une frappante connexité avec les habitudes de la Satire primitive. Outre d'autres rapports que nous signalerons, cette conformité n'a pas dù peu contribuer à joindre la Satire et l'Atellane. Mais elles se réunirent primitivement sans se confondre : la forme diverse des deux genres en empêchait de suite le complet mélange. La Satire primitive était sans règle, l'œuvre enjouée du hasard ; l'Atellane, dont on ne mentionne jamais l'origine Osque sans la nommer *fable* Atellane, paraît avoir eu un ensemble quelconque, une sorte de canevas burlesque, et convenait bien pour servir de cadre à la Satire. Tite-Live d'ailleurs est formel ici : *Juventus more antiquo ridicula intexta versibus jactitare cœpit, quæ inde Exodia postea appellata consertaque fabellis potissimùm atellanis sunt.* Le mot *potissimùm* même serait une preuve de plus de la séparation de ces deux espèces : il apprend que le ridicule de la Satire avait pu s'intercaler encore dans d'autres pièces que les Atellanes. On ne saurait donc admettre l'opinion de M. Schlegel qui ne fait des Atellanes et des Satires qu'une seule et même chose à leur début [3]. Le savant critique a négligé le passage de Tite-Live que nous mentionnons, et a été évidemment trompé par l'intime rapport de ces deux sortes de Satires qui les amena, mais plus tard, à n'en être plus qu'une seule.

La jeunesse romaine se réserva la représentation des

1. Diomed., III, p. 487.

2. Festus, loc. cit. — Cf. Horat., sat. I, v, 52, sqq. — Plaut., Truc., V. 50.

3. W. Schlegel, Littérat. dram., II, p. 4-9, traduct. française, édit. Cherbuliez.

Atellanes mêlées d'*exodia*, et ne permit pas, dit Tite-Live, qu'elles fussent souillées par les histrions. Deux faits nous paraissent ressortir de ce passage. Le premier, c'est le peu de popularité qu'avait alors obtenu l'introduction de l'art grec sur la scène de Rome, puisque la jeunesse, celle qui partout impose la mode et la suit, ramena le genre antique, où l'art avait moins de part, où éclataient sans frein la gaieté et le naturel vraiment romains. Le second, c'est le caractère indigène des Atellanes qui, restées comme le patrimoine de la jeunesse Romaine, n'étaient point touchées par ces histrions de l'art grec que Livius avait formés. Cette opinion se confirme par ce que nous savons des priviléges accordés aux acteurs d'Atellanes. Les droits de citoyens romains leur étaient conservés à l'exclusion des *histrions*, qui étaient soumis à tous les genres d'humiliations. Ceux-ci, privés de toutes prérogatives, pouvaient être transportés d'une tribu dans une autre, fustigés à volonté par ordre des magistrats, écartés en même temps de toutes les fonctions publiques et militaires, et relégués souvent dans les tribus les moins honorées [1]. Ceux-là n'étaient pas renvoyés d'une tribu à une autre, et se voyaient admis, comme tous les citoyens, au service des légions [2]. De plus, lorsqu'une déclamation vicieuse ou quelque autre défaut scénique leur attirait l'improbation des spectateurs, ils pouvaient garder leur masque et cacher ainsi la rougeur de la honte, tandis que les *histrions*, obligés de l'ôter quand ils étaient sifflés, perdaient jusqu'à ce faible abri contre la confusion [3].

Ce qui entraîna encore la réunion de la Satire et de l'Atellane, c'est la conformité de leur caractère champêtre.

---

1. Cicer. Fragm. apud August. De civit. Dei, II, 12, 13.
2. Tit. Liv. loc. cit.
3. Festus, voc. *persona*. — Cicer. Paradox. 3.

Une grande partie des titres des pièces Atellanes qui nous
restent l'attesteraient au besoin, si nous n'en trouvions un
témoignage assez précis dans un passage de Varron [1]. Nous
n'osons pas ici nous égarer, comme Schober [2], dans des
conjectures, que rien n'appuie, sur les plaisanteries champ-
pêtres des anciens Osques, imitées et perfectionnées par les
habitants d'Atella ; nous ne nous demanderons pas si, pour
ceux-ci, l'intérêt de ces pièces consistait dans le rapproche-
ment de la vie des champs avec celle de la ville. Nous
croyons qu'il est plus prudent de n'établir des inductions que
sur les textes dont nous pouvons disposer—. Valère Maxime
dit : *Atellani ludi ab Oscis acciti sunt, quod genus delectatio-
nis Italica severitate temperatum* [3]. Ce passage, en indiquant
une transformation des jeux Osques dès leur introduction à
Rome, fait penser aussi que sur leur sol natal ils avaient
été d'une pétulance plus désordonnée. Peut-être, comme
quelques-uns l'ont cru, Valère Maxime veut-il seulement
dire que ces plaisanteries, au lieu de dégénérer en passant
à de vils histrions, gagnèrent quelque considération par
le rang des acteurs qu'elles trouvèrent à Rome. Mais n'est-
il pas préférable de s'attacher au sens littéral du passage et
de croire que cet excès de grossière vivacité, justifié d'ailleurs par le caractère Osque, se modéra réellement sous la
main de ces jeunes Romains de condition libre à qui échu-
rent les Atellanes ? Nous n'en voudrions pour preuve que
l'éloge accordé par Donat à l'antique élégance de l'Atellane [4],

---

1. Varro, de Ling. latin., VI, p. 79 (edit. Paris, 1585), « in Atellanis
licet animadvertere *rusticos* dicere se adduxisse pro scorto pellicu-
lam. » — Cf Festus, voc. *Scortum.*

2. Schob. de Atellan. exodiis. Essai sur les Atellanes, d'après
Schober, brochure in-8, p. 14, extraite des Mémoires de la Société
des Sciences... du Bas-Rhin, nouv. série, tom. I, part. 2.

3. Valer. Maxim., II, 4.

4. Donat. Proleg. Terent : « Atellanæ, salibus et jocis compositæ,
quæ in se non habent nisi vetustam elegantiam. »

2

que cette faveur, qu'elles perdirent plus tard, d'être jetées au milieu d'une pièce comme un gracieux délassement[1], et peut-être que ces maximes de sagesse ou cette grace que Sénèque et Marc-Aurèle étaient heureux de rencontrer dans les pièces de ce genre[2]. Quoi qu'il en soit, ce qui reste certain pour nous c'est que l'Atellane avait été en Campanie plus grossière que ce qu'elle était à Rome.

Mais le burlesque, une fois devenu populaire, sait difficilement s'arrêter ; il recule sans cesse ses limites, et les Atellanes étaient destinées à se modifier encore. On dirait que cette *sévérité Italique*[3], qui en avait adouci d'abord l'âpreté, se perdit promptement avant que les Atellanes ne fussent devenues des pièces écrites ; car nous n'en trouvons pas de traces dans les courts fragments qui nous sont parvenus. Au contraire, on y reconnaît facilement que le ridicule se montra de nouveau dans toute sa grossièreté, et que la moquerie impitoyable et vulgaire des champs redevint l'élément dominant. D'ailleurs, le caractère commun de rusticité qui avait associé la Satire et l'Atellane finit dans la suite par les confondre entièrement. Nous trouvons plus tard le mot d'*Exodium* employé indistinctement pour celui d'*Atellana*, et des acteurs particuliers, désignés communément par le nom générique d'*exodiarius*[4], jouant les Atellanes à la place de ces jeunes gens qui en avaient institué l'usage. Ce retour plus marqué vers l'ancienne licence rustique des Osques donna, à ce qu'il paraît, une excessive hardiesse aux pièces Atellanes, et l'on se demande avec surprise comment, sous la République, on n'infligea jamais

1. Cicer. ad Famil., IX, 16. — Cf. Tacit. Ann., IV, 14.
2. Seneq., Epist. 8. — Fronto ad M. Cæsar, I, p. 53. Edit. Mai.
3. Voir plus haut le passage de Val. Maxim.
4. Lydus de Magistr. Rom., I, p. 70 : Ἀτελλάνη δέ ἐστιν τῶν λεγομένων ἐξοδιαρίων.

à leur audace le châtiment qui, par exemple, avait réprimé la tentative de Nævius. Dans la suite, leur effronterie s'accrut encore, et l'on n'est plus étonné de voir Diomède, au cinquième siècle de notre ère, comparer les Atellanes au drame satyrique des Grecs [1]. A part le costume et les acteurs, c'étaient le même genre de plaisanteries, la même scène agreste ; depuis longtemps c'étaient une licence et des obscénités pareilles, et l'on y retrouvait les mêmes mètres et les mêmes vers [2].

La place qu'occupaient les Atellanes dans la distribution des pièces prêtait encore plus à cette ressemblance. Le drame satyrique chez les Grecs se jouait après la tragédie, et en faisait reparaître quelques personnages pour les ridiculiser. Les Atellanes aussi se montraient après les tragédies græco-romaines, afin de distraire par la gaieté des scènes et des propos le spectateur encore ému de la catastrophe tragique [3]. Un point encore a une apparence de conformité. Le drame satyrique faisait emploi de caractères nobles ou mythologiques : placé après la tragédie, il se servait de ses personnages pour provoquer le rire à la place des larmes par une fin joyeuse au lieu d'une péripétie fatale. On trouve

1. Diomed., III, ed. Putsch., p. 487 : Tertia species est fabularum latinarum quæ a civitate Oscorum Atella, in quâ primùm cœptæ, Atellanæ dictæ sunt, argumentis dictisque jocularibus similes satyricis fabulis græcis.

N'oublions pas cependant qu'ailleurs Diomède dit, III, 488 : Latinis Atellana à græca satyrica differt quod in satyrica fere satyrorum personæ inducuntur... in Atellana Oscæ personæ, ut Maccus.

2. Marius Victorin. de Iamb metr. ed. Putsch., II, p. 2527.— Id., III, 2574. — Cf. Terent. Maur. de metr. ed. Putsch., p. 2436.

3. Juvenal. edit. Morel. Lutet., 1613, Sat. III, vers 175. Vetus schol. : Exodiarius apud veteres in fine ludorum intrabat, quod ridiculus foret; ut quidquid lacrymarum atque tristitiæ coegissent ex tragicis affectibus hujus spectaculi risus detergeret. — Cf. Lydus de mag. Rom., lib. I, c. 40, p. 70, ed. Hase. — Marius Victor., II, p. 2527.

dans la série des Atellanes quelques titres qui sembleraient rappeler le même emploi de caractères nobles et le même but, tels que l'*Agamemnon suppositus*, le *Marsyas* de Pomponius, l'*Andromache*, les *Phœnissœ* de Novius. Mais, sur les cent six titres de pièces que nous possédons, nous n'avons que ceux-là qui offrent ici quelque semblant d'analogie, et l'on est porté à croire que c'était moins là une imitation du drame satyrique que la copie des tragico-comédies appelées *fables Rhynthoniennes* [1].

Là se bornent les rapports des deux genres. Le fond est complétement différent. Les Atellanes n'avaient pas coutume de reproduire les personnages de la pièce qui les avait précédées. Création du sol, elles avaient leurs caractères à part, leurs saillies particulières, leurs paysans d'une condition inférieure à ceux du drame satyrique, et, excepté les titres cités plus haut, leurs sujets étaient toujours pris dans les rangs obscurs. Le plus grand nombre des pièces et des fragments comparés indiquent des Comédies de caractère. Le développement grotesque des habitudes d'une classe commune de la société romaine, paraît leur avoir suffi le plus souvent. Tantôt c'est une profession décriée qu'elles mettent en scène, comme l'*Hetœra* de Novius [2], le *Leno*, le *Prostibulum*, la *Munda*, les *Aleones* de Pomponius ; tantôt ce sont les métiers des gens du peuple, comme le *Gardien du temple*, les *Aruspices*, les *Boulangers*, les *Pécheurs*, les *Peintres*, les *Vendangeurs*, les *Foulons* et les *Crieurs pu-*

1. Lydus de mag. Rom., lib. I, cap. 40, p. 07 : ἡ μέντοι κομῳδία τέμνεται εἰς ἑπτὰ, εἰς... Ἀτελλάνην... Ῥινθωνικὴν... Ῥινθωνική (ἐστιν) ἡ ἐξοτικὴ, κ. τ. λ. — Steph. Byzant. Bâle, 1568, in-fol. Xiland., voc. Τάρας : ἀνεγράφησαν πολλοί... καὶ Ῥίνθων Ταραντῖνος φλύαξ τὰ τραγικὰ μεταρρυθμίζων εἰς γελοῖον. — Cf. Suidas voc. Ῥίνθων... — Donat. fragm. trag. et com. — Raoul-Rochette : Mémoires acad. Inscript. Belles-lettres, série nouv., tome v.

2 Voir pour ce titre et pour tous ceux qui suivent la Table placée à la fin.

blics. Dans d'autres pièces, c'étaient les coutumes de diverses contrées qu'on livrait au ridicule : ainsi les *Campaniens*, les *Syriens*, les *Gaulois transalpins* , et peut-être les *Soldats de Pometia ;* dans d'autres, des vices généraux qui sont de toutes les classes , comme l'*Avare*, le *Méchant*, le *Solliciteur*, l'*Héritier avide ;* ou des caricatures prises aux champs, telles que le *Rusticus*, la *Porcaria*, la *Sarcularia*, le *Verres ægrotus*, etc.

Les Atellanes étaient donc surtout des pièces de caractère, dont les modèles étaient empruntés à la vie vulgaire. Ce n'est pas qu'on ne trouve çà et là quelque comédie d'intrigue dans leur répertoire. Les intrigues des Atellanes avaient même un caractère particulier : elles étaient passées en proverbe, car Varron dit quelque part [1] : « Putas eos non citius *tricas Atellanas* quam id extricaturos, » et Arnobe : « Jamdudum me fateor hæsitare, circumhiscere, ... *tricas , quemadmodum dicitur*, conduplicare *Atellanas* [2].» Ces passages indiquent-ils que le nœud des Atellanes était facile à délier, ou plutôt qu'il était embarrassé et sans vraisemblance ? On peut choisir ici entre deux conjectures : d'après la seconde citation, il semblerait que c'était ordinairement une intrigue confuse et embrouillée, et la première signifierait que cette intrigue était difficile à dénouer. D'après la première citation, on pourrait aussi bien admettre le sens contraire. Pour nous, nous pensons que ces pièces, mêlées d'improvisation, où l'art avait une part accessoire, devaient contenir une intrigue pénible, sans clarté, et d'autant moins naturelle que ce genre ne leur était point habituel. Nous adoptons donc la première version, et nous trouvons dans Quintilien un passage qui semblerait la fortifier, lorsqu'il recommande à l'orateur d'éviter ces obscurités, qui sont

1. Vid. Nonium, voc. *Tricæ.*
2. Arnob. *Adv. Gent.* Lugdun. Batav., ed. Stevvech, 1651, in-4, p. 176.

l'attrait captieux des Atellanes, « illa obscura quæ Atellanæ more captent [1]. » Quoi qu'il en soit, le peu de comédies d'intrigues dont nous croyons posséder les titres, ne peut se comparer à la nomenclature des autres. On peut tout au plus, à en juger par les fragments, citer le *Præco posterior*, et les pièces à travestissement des *Kalendæ Martiæ*, des *Pannuceati*, du *Maccus Virgo*, et des *Macci Gemini*. Ces rares exceptions qui, avec quelques autres, s'expliquent par les hasards de l'improvisation et la liberté même des Atellanes, ne doivent pas nous égarer sur leur nature essentielle. Les Atellanes sont et restent des Comédies de caractère. C'est ce que prouvent encore les *masques de caractère* qu'elles ont montrés les premières à Rome, et popularisés jusqu'à nous.

PERSONNAGES INVARIABLES OU MASQUES DE CARACTÈRE.

Diomède a dit [2] : « Latinis Atellana a græca satyrica differt quod in satyrica fere Satyrorum personæ inducuntur.... in Atellana Oscæ personæ, ut *Maccus*.» Le *Maccus*, *personnage Osque*, comme le dit Diomède, est le premier des masques de caractère de ce théâtre. Il est resté un type comique dont la forme a peu varié. Il représentait ordinairement un paysan d'Apulie ou de Calabre, maladroit, gourmand, sujet à mille accidents et rompu au métier de dupe. C'est un masque commode qui convenait à toutes les tribulations risibles, et les auteurs d'Atellanes l'ont fait voir sous plusieurs côtés. Dans les fragments qui nous restent, ils ont fait Maccus tour à tour soldat, hôtelier, exilé, frère jumeau, médiateur et même jeune fille, sans compter les pièces où il figure en son propre nom, dégagé de tout accessoire d'em-

---

1. Quintil. Inst. orat., VI, 3.—Cf. Seneq. edit. Lemaire, Controv. III, 18. — Cf. Cicer. pro Cœlio, 27.

2. Diomed., III, 488.

prunt. Ici, dans sa gaucherie, il se heurte ou se brise les doigts au seuil de la porte [1] ; là, fier soldat, il bataille contre un camarade pour la conqnête d'un souper, ou prétend manger à lui seul la part de deux personnes [2]. Ailleurs, il se laisse tromper au point de prendre un homme pour une jeune fille [3], ou vient compter à son maître l'argent du fromage de Sardaigne qu'il a vendu [4]. Presque partout il paie pour autrui ; c'est lui qui est puni pour les fautes d'un autre coupable, lui qu'on frappe quand les autres volent.

Ce sont là les seules scènes que nous laissent entrevoir de trop rares fragments. Ajoutons-y les indications que fournissent la sculpture et le dessin.

On croit aujourd'hui que le Maccus paraissait avec une tête énorme, une grosse bosse ou deux, et qu'il n'est autre que le *Polichinelle* Napolitain qui s'est perpétué jusqu'à nous. Une figurine antique de bronze nous montre ce long nez en forme de bec de poulet ou *pulcino* [5] d'où le personnage moderne a reçu son nom de *pulcinella*. Ficoroni nous en donne dans deux passages une complète description [6]. Il dépeint

1. Novius, *Maccus exul*, ap. Non. Marcell., voc. *Limen* :
Limen superum quod mihi misero sæpe confregit caput.
Limen inferum autem ubi ego omnes digitos confregi meos.
2. Pomponius, *Maccus miles*, ap. Charis, ed. Putsch. I, p. 99 :
Cum contubernale ego pugnavi quod meam
Cœnam...
Id., I, 101 :
Nam cibaria si vicem,
Duorum solum me comesse condecet.
3. Pomponius, *Macci gemini*, ap. Non., voc. *Abscondit* :
Perii ! non puella est, nam quid abscondisti inter nates ?
4. Novius, *Macci*, ap. Non. voc. *Caseum* :
Quid ? bonum breve est, respondi, e Sardis veniens caseum ?
5. M. J. V. Leclerc, *Journal des Débats*, 20 juin 1831. — Cabin. Bibliothèq. royal. (antiq.) — Caylus, Recueil antiq, tom. III, p. 275, pl. LXXV. — Schoepf, Alsat. illust., tom. I, p. 501, tabl. X, fig. 9.
6. Ficoroni, de Larvis scenic. et figuris comicis antiq. Rom., p. 26, pl. IX, fig. 2 et 3.

deux figures : l'une est sans bras, n'a qu'un petit manteau, et qu'une espèce de sandales pour chaussure ; bossue devant et derrière, la tête rasée ou plutôt chauve, le nez long et crochu, l'oreille tendue. L'autre a un ample manteau, les pieds nus, la tête rasée ; un nez recourbé couvre sa bouche et son menton. Ficoroni conclut que toutes les deux sont les mêmes que *Pulcinella*. Assurément c'est bien là le portrait de Polichinelle, mais on a de bien faibles preuves pour croire que *Polichinelle* et *Maccus* sont la même chose. Maccus a pris son nom à la Grèce [1] et l'a laissé en Italie : le niais s'y appelle encore *Matto* et *Mattaccio*. Ce petit manteau de *Pulcinella* était, nous dit Donat [2], le costume des esclaves comiques, et la tête chauve était, chez les acteurs mimiques, le signe de la bêtise, la marque des dupes [3]. Polichinelle a bien dans la farce moderne le même rôle stupide que le *Maccus* sur la scène antique ; on reconnaît un *planipes* dans les deux descriptions que nous avons citées, et ce sont bien deux masques de la vieille comédie Romaine. Mais d'autres types comiques que nous verrons se distinguaient aussi par leur stupidité et leurs gaucheries, et d'ailleurs où trouver sûrement dans tout cela le nom de Maccus ?

Le *Bucco* est aussi un masque de caractère à part dans les Atellanes. Son nom vient du gonflement de ses joues, ses grosses lèvres annoncent la sottise. Il paraît avoir partagé avec le *Maccus* le sceptre de la stupidité [4]. Il était particu-

---

1. Μακκωᾶσθαι, être sot. — Aristoph., Equit. 62 : Ὁ δ'αὐτὸν ὡς ἑώρα μεμακκονκότα. — Jul. Pollux, Onom. II, 2 : γέρων μακκοῶν.

2. Donat, Fragm. de comœd. et trag. : Servi comici amictu exiguo conteguntur.

3. Nonius voc. *Calvitur* : Calvitur dictum est frustratur, dictum a calvis mimicis quod sunt omnibus frustratui. — Cf. Atellan. Pomponii fragment. : *Præco posterior* et *Piscator*.

4. Appul., Apolog. tom. II, p. 85, ed. Bip. : Palamedes, Sisyphus et si qui præterea dolo fuere memorandi... *Macci* prorsus et *Buccones* videbuntur.

lièrement bavard, impertinent [1] vaniteux et sans doute parasite [2]. Il nous reste plusieurs pièces où il a le premier rôle. Pomponius a écrit le *Bucco auctoratus* et le *Bucco adoptatus,* et Novius nous a laissé un *Bucculo.* Les fragments que nous avons recueillis sont trop courts pour permettre ici la moindre conjecture. La seule qui soit vraisemblable sur le nom même de *Bucco,* c'est que l'Italie en a gardé le nom de *Buffone,* l'homme aux joues enflées, et que notre mot *bouffon* paraît n'avoir pas d'autre origine.

Le *Bucco* et *Polichinelle* se montrent réunis sur une même planche de Ficoroni [3]. On voit deux femmes de profil qui élèvent et montrent chacune un masque qu'elles tiennent à la main. L'un des deux masques est une tête frappante du *Polichinelle* moderne; l'autre est celle du *Bucco.* Ficoroni représente autre part encore [4] un homme assis, dont les joues gonflées et l'énormité de la bouche annoncent le *Bucco.* Ce même masque y reparaît fréquemment ailleurs [5].

Un troisième personnage de caractère c'est le *Pappus* [6]. Celui-ci représentait un vieillard ridicule, raillé par tout le monde, joué par sa femme, dupé par des jeunes gens, confondu devant la justice, trompé dans son ambition, et peut-être passionné pour le vin s'il faut en croire le titre de *Hir-*

---

1. Isid., Orig. x, ed. Lindeman, p. 321, tom. iii : *Bucco* garrulus, quod cæteros oris loquacitate, non sensu superet. — Cf. Plaut, Bacch., v, 1, 2.

2. Grysar : De Doriensium comœdia quæstiones, tom. i, p. 252 sqq — Vetus Gloss. Βουκίονες, Παρασίτοι. — Nonius, voc. *Jentare,* cite d'Afranius un *Bucco adoptatus* : c'est le seul endroit où il soit question d'Afranius comme auteur d'Atellanes.

3. Ficoroni, pl. xliv.

4. Pl. xviii.

5. Cf., id., edit. ital., 1748, pl. xx, liv, lv et passim.

6. En grec, πάππος; en latin, *pappus* et *pappas* ; en français, *papa.* Il est probable que le mot de *pappus* vient, comme le croit Schober, du surnom de πάππος que, dans le drame satyrique, portait le vieux Silène.

nea Pappi que porte une Atellane. Pomponius a écrit plusieurs pièces qui ont le *Pappus* pour titre, telles que le *Pappus agricola*, la *Sponsa Pappi* et le *Pappus Prœteritus.* Nous avons aussi un *Pappus Prœteritus* composé par Novius. Ici, les fragments moins incomplets des pièces où le *Pappus* avait un rôle, nous permettent de le juger dans des situation diverses. Soit que, dans le *Pappus agricola* , il prête à rire par les perfidies conjugales dont il est le jouet.[1] et par les tempêtes impuissantes de sa colère[2]; soit que, dans les deux *Pappus prœteritus*, il invite à des festins intéressés tous ceux dont il brigue les suffrages, et se voie tristement repoussé des emplois malgré la vivacité de ses espérances, malgré les courses forcées que le choix du peuple a imposées à sa vieillesse[3]; soit que, dans les *Pictores*, il trébuche de piége en piége et ne reçoive qu'affronts pour son avarice et que démentis pour ses mensonges[4]; partout le *Pappus* a

1. *Pappus agricola*, ap. Nonium, voc. *Manducatur ;*
    Nescio quis illam urget quasi asinus uxorem tuam.
    Ita oculis opertis simitu manducatur et molit.
2. *Id.* ap Non. voc. *Fervit ;*
    Domus haec fervit flagiti, etc.
3. Novius, *Pappus prœteritus* , ap Non. voc. *Capulum :*
    Dum istos invitabis suffragatores, pater,
    Prius in capulo quam in curuli sellâ suspendes nates.
    Pompon., *Pappus prœter.*, ap. Non. voc. *Vagas :*
    Populi voluntas hæc est et vulgo vagas.
4. Pomponius, *Pictores*, ap. Non. voc. *Senica :*
    Pappus hic medio habitat senica, non sescunciæ.
Id. voc. *Manducones :*
    Magnus camelus, manducus, cantherius.
Id. voc. *Intestatus :* — Cf. Scaliger ap. Varron, de L.L., p. 150, edit. Paris.
    Ipsus cum uno servo senex intestato proficiscitur.
Id. voc. *Occupare :*
    Quæ tuleram mecum millia decem victoriatum,
    Græca mercede illico curavi ut occuparem.
Id. voc. *Dicere :*
    Nummos certos dicas! — Dico quinquaginta millia.

pour insigne le ridicule, partout on le reconnaît à sa vieillesse humiliée ou aux mécomptes de sa cupidité. Si, dans les
Atellanes, tous les rôles de candidats et d'avares n'appartien-
nent qu'au *Pappus*, on peut lui rapporter encore le titre de
la pièce du *Parcus* et les deux seuls vers qui nous restent de
l'Atellane intitulée *Philosophia*. Peut-être est-ce lui qui, dans
son désespoir d'avoir été dépouillé de son trésor, va demander au rusé Dossennus de lui prédire quel est l'auteur du
vol[1] ; peut-être est-ce lui aussi qui, sous la robe blanche du
candidat, vient, dans le *Petitor*, recevoir des souhaits iro-
niques pour le bon succès de sa brigue[2]. Mais, au milieu de
beauconp d'autres suppositions que nous omettons, ce ne
sont là que des probabilités qu'il faut se garder d'accepter
comme des preuves.

Nous ne pouvons encore qu'essayer des conjectures sur
certains autres masques de caractère dont les profils se des-
sinent à peine dans nos fragments. Ainsi la pièce des *Pannuceati*, dont nous avons déjà parlé, pourrait bien avoir eu
pour principaux rôles deux Arlequins, car le mot de *Pannuceati*, qui vient de *pannus*, a la même origine que celui de
Panniculus, regardé ordinairement comme l'Arlequin moderne. On pourrait de la sorte trouver l'Arlequin dans les
Atellanes, sans l'aller chercher dans les mimes, où l'a classé
un peu vaguement le scholiaste de Martial[3]. Ce qui surtout
donnerait du crédit à cette opinion, c'est l'habitude laissée à
Arlequin seul de ne jamais découvrir son visage ; nous ne

---

1. Pomponius, *Philosophia*, ap. Non. voc. *Memore* :
Ergo, mî Dossenne , quum istæc memore meministi ,
Indica qui illud aurum abstulerit. — Non didici hariolari gratis.
2. Pomponius, *Petitor*, ap. Non. voc. *Ominas* :
Eveniat bene ! — Ita sic et tibi bene sit qui recte ominas.
3. Vid. Martial. Schol., épigram., lib. II, épig. 72, vers 4 ;
Vilia *Panniculi* percutit ora sono.
Cf. *Id*. épig , lib. III, épig 86, vers 3 ; lib. V ; épig. 61 , vers 12.
— Lugdun. Batav., edit. Varior, 1670.

connaissons pas ses traits, ils sont cachés sous l'immobilité d'un masque qui est resté en quelque sorte la figure propre de l'Arlequin moderne, et nous nous rappelons que ce fut là un des priviléges exclusifs des acteurs d'Atellanes. Au reste, l'antiquité du *Panniculus* ou *Pannuceatus* n'est pas douteuse. Son costume se retrouve fort ressemblant sur un vase peint découvert à Pompeia[1], et sa personne dans Ficoroni[2] où l'on voit une figure, la tête légèrement inclinée sur une épaule, et coiffée du petit chapeau d'Arlequin ; son allure leste et dégagée, son maintien léger, et une espèce de batte qu'il agite dans la main, complètent la ressemblance.

Le *Dossennus* ou *Dorsennus* paraît avoir eu aussi une sorte de caractère à part. Bien que nous n'ayons qu'une seule pièce qui porte son nom pour titre[3], il en est fait mention dans plusieurs fragments, et l'on peut réunir quelques traits principaux de sa figure. Peut-être son nom lui est-il venu d'une bosse qui surmontait son dos. Son caractère était celui d'un savant homme, qui tire l'horoscope aux ignorants et fait profession de découvrir les plus mystérieux secrets. Il faisait, à ce qu'il paraît, payer sa science en bonne monnaie ou en aliments[4], ou quelquefois converti en maître d'école, il l'enseignait un peu rudement à ses disciples[5]. C'est tout ce que nous en savons.

1. Vid. Schober., *de Atellan. exodiis*, p. 18, brochure française in-8, extraite des Mémoires de la Société des arts, sciences, etc., du Bas-Rhin. Nouvelle série, tom. I, part. 2.

2. Pl. xxix, fig. à gauche.

3. Novii *Duo Dossenni*, ap Festum, voc. *Temetum*.

4. Pomponius, *Philosophia*, ap. Non. voc. *Memore*.
Ergo, mîDossenne, cùm istæc memore meministi,
Indica qui illud aurum abstulerit. — Non didici hariolari gratis.
Pomponius, *Campani*, ap. Non. voc. *Publicitus*
        Dato Dorsenno et fullonibus
        Publicitus cibaria...
Peut-être est-ce lui que désigne Horace : Epist. II, I, 168.

5. Pomponius, *Maccus virgo*, ap. Non. voc. *Verecunditer :*

Cette superstition vulgaire , qui faisait recourir les villageois aux divinations de l'horoscope, et qui est une marque singulière de l'esprit rustique, devait être pour l'Atellane un sujet fertile en plaisanteries. On distingue , en effet, parmi ses acteurs des personnages effrayants, des espèces de spectres, dont la voracité fabuleuse ou l'horrible pâleur était une source de terreur comique. Une pièce de Pomponius, intitulée *Pytho Gorgonius*, et une note de Scaliger[1] méritent ici quelque attention. Selon Scaliger, le *Pytho Gorgonius* n'était autre que le *Manducus*, fantôme aux larges mâchoires[2], aux dents grinçantes[3], faisant aussi, nous l'avons vu, partie des cérémonies satyriques des triomphateurs. C'est lui que Varron place dans les Atellanes[4], et dont Juvénal effrayait les spectateurs en bas-âge[5]. Il en faut dire autant de la pièce de Novius, intitulée *Mania medica*, où probablement la *Mania*, sorte de spectre aussi, invoqué ordinairement par les nourrices contre l'indocilité des petits-enfants[6],

Præteriens vidit Dossennum in ludo reverecunditer.
Non docentem condiscipulum, verum scalpentem nates.
1. Scalig. in Varron. de Ling. Latin., p. 150, édit. Paris, 1585 : Pomponius inscripsit exodium quoddam, *Pythonem Gorgonium*, qui nihil aliud erat, ut puto , quam ille *Manducus* de quo dixi. Nam *Pythonem* pro terriculamento et *Gorgonem* pro Manduco : qui Γόργονες cum magnis dentibus pingebantur.
2. Festus, voc. *Manducus.*
3. Plaut., *Rudens*, II, vi, 51 :
    Quid? si aliquo ad ludos me pro Manduco locem?
    Quapropter? — Quià, Pol , clare crepito dentibus.
4. Varro. de Ling. Lat., p. 80. Dictum Mandier à mandendo, undè Manducari, a quo in Atellanis obsonium vocant *Manducum.*—Cf. Festus voc. *Manducus.*
5. Juv , sat. iii, p. 174 .
    Tandemque redit ad pulpita notum
    Exodium, cum personæ pallentis hiatum
    In gremio matris formidat rusticus infans.
6. Festus, voc. *Mania*... Manias autem quas nutrices minitantur pueris parvulis esse larvas, etc.—Cf. Ficoroni, pl. **xxvi**, fig. **1, 2, 3**.

pilait des médicaments dans un mortier pour guérir sans doute quelque malade [1].

Tels sont à peu près tous les personnages de caractère, tous les masques particuliers qui ont pu être recueillis des débris du théâtre des Atellanes. On voit qu'ils étaient assez divers pour varier les scènes et l'intérêt, et déjà assez nombreux pour épargner le retour fréquent des mêmes épisodes. On a pensé avec assez de raison que la plupart des autres personnages perpétués jusqu'à nous par les comédies dites *dell'arte* des Italiens, que le *Giangurgolo*, par exemple, *Pantalon*, *Brighelle* et autres, remontaient par leur origine jusqu'aux Atellanes et aux mimes. Mais, malgré d'ingénieuses tentatives, il reste impossible de rattacher précisément chaque rejeton à sa véritable souche. Seulement, en voyant de nos jours les acteurs de la farce italienne improviser une partie de leurs rôles, il est permis de croire que, pareillement dans l'Atellane, même quand elle fut écrite, une place était laissée encore à l'essor et aux plaisanteries hasardées de l'improvisation.

SUJETS DIVERS.

Les situations et les titres que nous venons de parcourir nous ont appris la plus grande partie des sujets des Atellanes. Il est à remarquer que, parmi eux, il en est qui semblent s'attaquer à des choses morales. La *Philosophia*, par exemple, dont nous avons parlé déjà, où le savant *Dossennus* se pique de ne pas communiquer sa sagesse gratuitement, était sans doute une satire burlesque des travers bourgeois de la philosophie. D'autres titres encore, mais très-rares,

---

1. Novius, *Mania medica*, ap. Nonium, voc. *Pistillus* :

> Lacrymæ cadent,
>   Cadet pistillus. . . . . . .

annoncent que l'Atellane, comme la flamme qui ne discerne pas ce qu'elle brûle, touchait quelquefois à des points généraux, à des principes, à des institutions, et pénétrait jusqu'au foyer sacré de la famille. Le *Lar familiaris*[1], le *Patruus*, les *Nuptiæ* et sans doute les *Synephebi*, paraissent avoir été de malins tableaux d'intérieur, qui ridiculisaient autre chose que la vie du village et les mœurs des artisans, de même que les *Malevoli* étaient une critique d'une des faiblesses les plus communes du genre humain. Le *Fatum*, si vénéré par l'opinion, était bafoué dans les Atellanes[2] ; le *Præfectus morum* et le *Vitæ et mortis judicium* embrassaient les plus graves sujets. Cette dernière pièce, qu'on est étonné de voir au nombre des Atellanes, est encore remarquable parce qu'elle porte le même titre qu'une satire où Ennius, nous dit Quintilien[3], mettait aux prises la vie et la mort. Ici l'Atellane n'était probablement qu'une imitation dramatique de la satire d'autrefois, et se retrouvait ainsi dans sa véritable condition primitive. Trois autres Atellanes d'ailleurs, la *Satira*, l'*Exodium*, le *Funus*[4], attestent que l'Atellane n'avait pas oublié son origine, et que, par une pente toute naturelle, les jeux satiriques ou *exodia*, passant du second rang qu'ils occupaient jadis au premier, devenaient souvent l'Atellane même.

1. Pompon. *Lar familiaris*, ap. Priscian, VI, p. 686, ed. Putsch :
Oro te, Basse, per lactes tuas.
Dérision d'un serment solennel qu'on retrouve aussi dans Plaute Rud., act. III, sc. 2, v. 21 :
At ego te per crura et talos tergumque obtestor tuum.
2. Cicer., de Divin., II, 10.
3. Inst. orat., IX, 2.
4. Peut-être cette pièce n'est-elle point de Novius. Merula (Ann. Ennii, p. 418) l'attribue à Nævius.

LES ATELLANES SOUS CÉSAR ET SOUS LES EMPEREURS.

L'Atellane, qui avait des théâtres au dehors aussi bien qu'à Rome [1], prenait aussi parfois un caractère personnel et signalait des noms propres [2]. Cette liberté, qui n'était que la conséquence de toutes celles dont elle usait, paraît avoir été pour elle un motif de défaveur sous César. Ennemi comme il l'était de toute insinuation indirecte et de toute critique personnelle, César dictateur, dont le goût était une autorité et la volonté une loi ; César qui, sur la scène, préférait les maximes générales de Syrus aux courageux reproches de Laberius, fut sans doute la cause du décri où, en 708, était tombée la farce de l'Atellane. Cicéron, qui est dans ses Lettres l'interprète expressif des opinions du moment, nous apprend que les Mimes furent ajoutés aux pièces sérieuses à la place de l'Atellane [3], et les termes qu'il ajoute marquent assez le mépris qu'on faisait alors des hardiesses de celle-ci. Ce n'est pas que César eût supprimé complétement les jeux Osques, car Suétone mentionne qu'il appela des comédiens de tous les pays, et donna des représentations dans toutes les langues [4]. Mais c'était là, dans un but politique sans doute, une condescendance d'un moment : il voulait, après les guerres civiles, convier à Rome même, au spectacle de ses fêtes, toutes les nations qui composaient l'empire ; tandis que le passage de Cicéron ne prouve pas moins que l'Atellane était

---

1. Cicer. ad Famil., VII, 1. Juven., Sat. III, 175.

2. Pompon., *Bucco auctoratus*, ap. Charis, ed. Putsch, I, p. 37, voc. *Ebria* masc. :

> . . . . Neque ego *Memmius*,
> Neque *Cassius*, neque sum *Mimatius Ebria*.

3. Cicer. ad Fam., IX, 16 (707 de R.) : Quum tu, secundum OEnomaum Accii, non, ut *olim solebat*, Atellanum, sed *ut nunc fit*, mimum introduxisti. Il ajoute en terminant : Salis enim satis est, Sannionum parum. — Cf. id. ad Fam., XII, 18. — Id. Pro Cælio, cap. 27.

4. J. Cæsar, cap. 39.

ordinairement en défaveur. Auguste qui, pour se rendre populaire, voulait relever tout ce que César avait abaissé, et qui encourageait sans distinction tous les théâtres de son habile bienfaisance [1], favorisa sans doute le retour des Atellanes à leur vogue première, car elles atteignirent alors à une puissance qu'elles n'avaient pas connue jusque-là. Les Atellanes, soit qu'elles voulussent se venger de leur longue oppression, soit qu'elles tendissent à accroître leur importance, portèrent, sous les successeurs d'Auguste, l'audace à ses dernières limites, et leur caractère changea comme les mœurs publiques. Leur satire devint politique, cruelle, implacable, et ne craignit pas de remonter jusqu'à l'empereur. Elle désignait, avec une crudité d'expressions qu'on couvrait d'applaudissements, les crimes et les voluptés infâmes de Tibère [2]. Elle irritait Caligula par les équivoques transparentes de son ironie. Un acteur d'Atellanes était brûlé en plein amphithéâtre, par ordre de l'empereur, pour un vers méchant [3]. Ce châtiment inoui qui est déjà bien loin de la tolérance Républicaine, des dédains de César et des ménagements d'Auguste, ne peut s'expliquer en partie que par l'âcreté croissante de la raillerie des Atellanes. Il ne trouva de compensation que dans un moment de clémence de Néron. Celui-ci se contenta de chasser de Rome l'histrion Datus qui, dans une Atellane, avait rappelé par des gestes satiriques deux crimes de l'empereur, et fait une terrible allusion au sénat [4]. Les Atellanes apprirent à Galba son impopularité, dès son

---

1. Suet. Aug., 43 et 89. — Cf. Strab., v, p. 233, édit. Casaub.

2. Suet. Tibère, 45 : « Unde nota in atellanico exodio proximis ludis assensu maximo excepta percrebuit : *Hircum vetulum capreis naturam ligurire.* » — Cf. Tacit. Annal. iv, 14.

3. Suet. Calig , 27.

4. Suet. Nero.: 39. Datus Atellanarum histrio in cantico quodam : ὑγίαινε πάτερ, ὑγίαινε μῆτερ. ita demonstraverat ut bibentem natantemque faceret, exitum scilicet Claudii et Agrippinæ significans, etc.

arrivée à Rome, par un chant si applaudi et si connu que la foule transportée l'acheva d'une voix unanime [1]. Enfin Domitien fut aussi cruel dans sa vengeance que Caligula, car il fit mourir le fils d'Helvidius pour avoir eu l'audace de faire allusion, dans un exode, au divorce impérial [2].

Deux de ces témoignages dénotent dans la représentation des Atellanes quelques usages que nous n'avions pas vus précédemment. Datus l'histrion chante dans l'Atellane des vers grecs, et c'est un refrain déjà connu qu'entonne un acteur d'Atellanes pour exprimer le dégoût produit par l'arrivée de Galba. Ces changements, auxquels les fragments de l'Atellane sous la république n'offrent rien de pareil, peuvent s'expliquer assez facilement. L'imitation des Grecs, qui avait jeté tant d'éclat sur le règne d'Auguste, avait plus que jamais familiarisé avec leur langue tous les genres de littérature, et il n'est pas surprenant que les Atellanes aient en cela obéi quelquefois, comme ici, au goût général qui les soutenait de plus en plus. Cet autre refrain connu : *Venit, io, simus a villa*, est une preuve de plus de la vogue dont elles jouissaient alors. Leurs allusions, aussi hardies que l'empereur était odieux, étaient l'expression véritable du sentiment populaire. Malgré les efforts de Tibère, malgré leur exil momentané [3] elles avaient résisté à la destruction et retrouvé par la persécution une verve plus libre encore. Doit-on s'étonner que restées, comme le théâtre en général, le refuge et l'organe de la haine du peuple, elles aient emprunté, pour l'exprimer, les refrains même que le peuple répétait?

Cet emploi passager de vers grecs ou de chansons fami-

---

1. Sueton., Galba, 13 : Quare adventus ejus gratus non fuit, idque proximo spectaculo apparuit. Siquidem Atellanis notissimum canticum exorsis : *venit, io, simus a villa*, cuncti spectatores... reliquam partem retulerunt.

2. *Id*. Domit., 10.

3. Tacit. Ann., IV, 14.

lières laissa néanmoins intact le cachet primitif et original de ce genre de littérature. Alors et plus tard les Atellanes demeuraient les dépositaires de la vieille langue nationale et indigène. Elles avaient conservé cette fleur native du sol latin qui, ailleurs, s'était fanée sous des ornements d'emprunt et dont Lucrèce et Catulle, à peu près seuls, dans la poésie, avaient sauvé la fraîcheur et gardé le vrai parfum. Dans la décadence des lettres latines et même du succès théâtral des Atellanes, c'est là l'attrait nouveau, l'ascendant que celles-ci gagneront, non plus sur la foule, mais sur quelques hommes d'étude qui, fatigués du faux goût de l'époque, de l'épuisement de la langue, voudront se retremper à sa source. Dans Pétrone déjà, Trimalcion témoigne de ce retour vers le vieux langage latin lorsque, devant ses convives, il se vante d'avoir acheté des histrions qui ne représenteront que des Atellanes et un chœur qui chantera en latin [1]. Ainsi, aux premiers siècles du christianisme, les baladins d'Atellanes peuvent être réduits à figurer à la table d'un empereur [2]; Antonin peut, en plein théâtre, apprendre son déshonneur de la bouche d'un bouffon [3]; Tertullien, dépeindre avec une sainte horreur les impudicités de la scène des Atellanes [4], et Arnobe, à son tour, nous montrer ces acteurs chauves et imbéciles, ces bruyants applaudissements, ces propos, ces gestes obscènes; il peut demander avec un accent douloureux si ces comédies, ces mimes, ces Atellanes, si tous ces vils plaisirs sauraient être jamais les voluptés des dieux [5]; rien dans cet emportement éloquent du chrétien, dans cette décadence de l'art des Atellanes, ne doit nous étonner. Outre la juste indignation du culte nou-

1. Petron., Satyr., p. 198. — Cf. *Id.* 261, édit. Varior., 1669.
2. Æl. Spartian. Hadrien, 26.
3. Jul. Capitol. Antonin. Philos., 29.
4. Tertull. de Spectacul., 17.
5. Arnob. advers. Gent., VII. p. 239. édit. Lugd. Batav., 1651.

veau, outre plusieurs causes indépendantes des Atellanes, la nature même de ces pièces contenait le germe de leur abaissement. Leur pétulance indécente [1], leur liberté si peu inquiétée à l'origine, leur audace cruellement, mais rarement châtiée dans la suite, devaient les entraîner hors de toutes les bornes. Il n'est pas donné à la licence de s'arrêter : elle passe nécessairement de l'usage à l'excès et se perd par l'abus. Mais le privilége qui distingue alors les Atellanes, c'est de rester encore une curiosité littéraire pour quelques rares esprits, studieux des origines latines; c'est, par exemple, d'être avec tous les grands écrivains de la Rome antique, l'étude que sans cesse Fronton recommande à Marc-Aurèle, celle que Marc-Aurèle entoure de toutes ses préférences. Tantôt le noble élève écrit à son précepteur qu'il passe les nuits à l'étude et le jour au théâtre et qu'il a fait les extraits de soixante volumes au nombre desquels sont les Atellanes [2]; tantôt c'est le maître qui vante à son disciple les pensées riantes et fines qu'il pourra y puiser [3]. Ailleurs enfin, on surprend encore le goût marqué de l'empereur pour cette sorte de poëtes comiques [4], et l'on conclut que ce mérite de langage, que ces succès de cabinet, sont la véritable et dernière originalité des Atellanes.

DE LA LANGUE OSQUE DANS LES ATELLANES.

Ici se présente une grave question qu'on a diversement posée et péniblement résolue. Les Atellanes furent-elles écrites en langue latine ou en langue osque ? Strabon, en

1. Terent. Maurus, édit. Putsch, p. 24.

« Atella, vel queis actus dedit petulcos. »

2. Fronto ad M. Cæsar., II, p. 81, éd. Mai. Mediolan., 1815. « Ego istic noctibus studeo.... feci tamen mihi excerpta ex libris sexaginta.... inibi sunt et Novianæ Atellaniolæ. »

3. *Id.* I, p. 53 : « Vel graves ex oratoribus sententias arriperetis... vel ex Atellanis lepidas et facetas. »

4. *Id.* IV, 12. Edit. 1816.

affirmant que, de son temps, les Atellanes se servaient de
la langue osque [1], a créé la difficulté et fait naître les objec-
tions. On a demandé comment ce dialecte, usité seulement
dans les Atellanes, pouvait être intelligible à tous les Romains, surtout au moment du plus haut perfectionnement
des lettres latines, lorsque Strabon écrivait.

Si l'on suppose un instant que l'Osque offrait de grandes
affinités avec le Latin, cette hypothèse s'évanouit devant
tout ce que les grammairiens et divers passages nous ont
appris de la langue osque. Un consul Romain, nous dit
Tite-Live, avait des espions particuliers parlant la langue
osque [2], et nous savons par un vers de Titinius que ceux
qui parlaient l'osque pouvaient ignorer le latin [3]. Ennius pré-
tendait qu'il avait le cœur triple parce qu'il savait les trois
langues, grecque, osque et latine [4], et Macrobe sépare les
termes osques et puniques de ceux de la langue ordinaire [5].
D'ailleurs, dans tous les fragments d'Atellanes que nous possédons, on ne surprend pas la moindre trace de l'osque, et,
pour appuyer les mots de ce dialecte, toujours les citations
des grammairiens désignent les poëtes latins Ennius, Pacu-
vius, jamais les Atellanes. Que Varron nous dise que *Pappus*
le vieillard est nommé *Cascus*, parce que les Osques disaient
Casnar pour *Senex* [6], que Festus assure que les Osques
appellent le dieu Mars *Mamers* [7] ; nous n'en rencontrons

1. Strabon, liv. v, p. 233, édit. Casaubon : ἴδιον τι τοῖς Ὄσκοις...
συμβέβηκε· τῶν γὰρ Ὄσκων ἐκλελοιπότων, ἡ διάλεκτος μένει παρὰ τοῖς Ῥωμαίοις.
ὥστε ποιήματα σκηνοβατεῖσθαι κατά τινα ἀγῶνα πατρίον καὶ μιμολογεῖσθαι.
2. Tit-Liv., x, 20.
3. Festus voc. *Oscum* : « Titinius in *Quinio* :

    « Qui osce et volsce fabulantur. non latine nesciunt. »

4. Aul. Gell. Noct. Attic., xvii, 17.
5. Macrob. Satur., vi, 4.
6. Varron., L. Lat. édit. Paris, vi, p 71. Festus, voc. *Casnar*.
7. Festus, voc. *Mars*. — Fragm. *Galli Transalpini* in Aul. Gell.,

pas moins toujours, au lieu de *Mamers* et de *Casnar*, les mots vulgairement usités de *Pappus* et de *Mars*, dans les fragments qui sont restés.

Ces arguments frappent d'abord par leur gravité et semblent compliquer le problème. Les uns, pour le résoudre, ont supposé que le mot *osque*, employé par Strabon, signifiait ici *obscène*, acception qu'il a en effet souvent; d'autres, que Strabon prenait le nom originaire de ces jeux pour celui de la langue qu'on y parlait. Enfin Schober a aggravé la difficulté en substituant, de sa pleine autorité, des campagnards de la Sabine à des paysans Osques, uniquement parce que Varron a dit que la langue des Sabins avait ses racines dans dans le dialecte osque [1]. Il n'est pas impossible cependant, en s'attachant à la vraisemblance, de conserver le sens littéral du passage et de rendre plausible l'assertion de Strabon. Lorsqu'il dit que le dialecte d'Atella subsiste encore de son temps à Rome, μένει, son témoignage se confirme à peu près par ceux de quelques autres; car Suétone dit expressément que les théâtres de toutes les langues furent protégés par Auguste [2], et Horace, dans son dédain pour les sauvages beautés du vieux Latium, se plaint que son siècle garde encore les restes de l'antique poésie des champs [3]. Strabon ne dit pas que toute la pièce fût écrite en langue osque, et d'ailleurs tous nos fragments seraient contraires à cette version ; mais il faut même supposer que plus de débris écrits des Atellanes ne nous révéleraient pas plus de traces de langage osque. Car tout fait croire que ce

XVI, 6. — D'après Varron (L. Lat., IV, p. 20), *Mamers* était le nom de Mars chez les Sabins.

1. Essai sur les Atellanes d'après Schober, p. 45 ; brochure extraite des Mémoires de la Société des sciences..... du Bas-Rhin. Nouvelle série, tom. I, part. 2.

2. Suet. August., 43.

3. Epist. II, 1, 160 :

> « Manserunt hodieque manent vestigia ruris. »

dialecte n'était en usage que dans les improvisations de ce théâtre. Sans doute, aussi ancien qu'elles, l'Osque sera resté leur partage unique, comme un souvenir de l'origine campanienne de l'Atellane[1]. Peut-être cet idiome était-il mêlé au latin dans certaines parties improvisées de la pièce : mais le *Maccus* principalement, s'il faut en croire M. Leclerc[2], paraît avoir parlé l'Osque, probablement parce que, complétement originaire d'Atella, le trait distinctif de son rôle était d'en reproduire plus spécialement l'improvisation et le langage. Ces conjectures, en respectant le texte de Strabon, serviraient à tout concilier. Elles expliqueraient en même temps l'existence de nos fragments entièrement latins, l'assertion de Varron et de Festus, et le silence des grammairiens sur les Atellanes, toutes les fois qu'ils parlent des monuments écrits de la langue des Osques.

La dernière objection au sujet de la difficulté pour les spectateurs de comprendre ce dialecte peut être facilement renversée. D'abord les passages cités plus haut d'Ennius et de Tite-Live indiquent qu'aux premiers siècles de Rome, l'usage de l'osque était quelque peu répandu[3]. Ensuite qui empêche d'admettre que le *Maccus*, par exemple, ait parlé dans un langage presque inintelligible ? Si, comme le pense M. Leclerc, les autres acteurs lui répondaient en latin, cette réponse comprise d'un interlocuteur devait aider à éclaircir l'obscure volubilité de l'autre. La sagacité du spectateur eût cherché ainsi à deviner l'énigme, et son intérêt était captivé.

---

1. Cic. ad famil VII, ép. I, écrit à Marius : « Je ne pense pas que vous ayez regretté les jeux grecs ni les jeux Osques, surtout quand vous pouvez assister à ces derniers dans le sénat, » et, dans cette observation railleuse, c'est le jargon natal, le langage *improvisé* des sénateurs Campaniens que Cicéron appelle *ludi Osci*.

2. *Journal des Débats*, 20 juin 1831.

3. Cf. Niebuhr., Hist. rom., tom. I, p. 96 ; traduct. Golbéry.

Mais on peut pousser la supposition plus loin et croire
que le *Maccus*, avec tous ses avantages, avec des intonations
fausses et bizarres, plaisait et amusait même sans être
compris dans son bavardage [1]. Le Polichinelle de nos jours,
dont le bredouillement nasillard et la voix enrouée ne sont
d'aucune langue, est-il moins goûté de la foule pour n'être
pas entendu, ou plutôt son jargon guttural et insignifiant
n'est-il pas encore un attrait de plus aux yeux des enfants
et des gens du peuple? Dans le théâtre de Ghérardi [2], dans
les intermèdes des pièces de Molière, l'Italien, le latin, sont
mêlés au français et n'étaient guère plus compris des spectateurs qu'ils piquaient cependant par leur étrangeté même.

DES AUTEURS D'ATELLANES.

Aucun écrivain ne cite en général d'auteurs d'Atellanes
avant Pomponius et Novius. La chronique d'Eusèbe nous
apprend que Pomponius vivait en 663 de Rome et y avait un
nom célèbre alors [3]. On peut conclure de l'absence de toute
mention pareille avant cette date que jusque là les Atellanes
avaient été entièrement improvisées. Ce mélange primitif du
libre désordre de la satire et du thème dramatique emprunté
aux Osques, qui avait pris le nom d'atellanes, avait pu suffire
longtemps à l'expression triviale des mœurs de la Campanie,
au sel grossier des plaisanteries rustiques. Mais lorsqu'un
plus long séjour au sein de Rome policée eut familiarisé ce
théâtre inculte avec le goût de la civilisation et avec les

1. Quintilien, Inst. Orat., VI, 3, dit positivement, en parlant des
Atellanes : Illa obscura, quæ, Atellanæ more, captent. — Cf. Suet.,
Caligul., 27.

2. Théâtre de Gherardi, 6 vol. in-8, Paris, Briasson, 1741.

3. Eusèb., chroniq. « Olymp., 173, ann. I : Lucius Pomponius
Bononiensis clarus habetur. »

habitudes de la comédie græco-latine de Plaute ; lorsque, pour renouveler une partie de leur vogue qui s'épuisait, les Atellanes eurent besoin de recourir à d'autres sujets connus et aimés du bas-peuple, alors vint sans doute Pomponius qui essaya d'en ranimer l'intérêt en mêlant aux personnages rustiques primitifs des professions de la ville, des épisodes de la vie des classes inférieures de Rome, et captiva la populace par des tableaux pris au milieu d'elle-même. Cette innovation, qui introduisait une série de sujets nouveaux, qui modifiait profondément les usages de ce théâtre et n'avait pour elle, comme à Atella, ni l'autorité des mœurs natales, ni celle de la tradition, mais le talent ou le génie d'un seul écrivain, ne pouvait se transmettre que par des œuvres écrites à des acteurs qui, certainement alors déjà, étaient une troupe d'histrions.

Pomponius écrivit donc ses pièces, en réservant toutefois les masques de caractère et une partie de l'improvisation antique. Il y sema des maximes nombreuses, et pour laisser aux Atellanes nouvelles l'originalité des anciennes autant que pour être goûté du bas-peuple qui venait l'écouter, il garda la rudesse du langage et sut maintenir la vétusté du latin primitif[1] au milieu des raffinements grecs qui le transformaient de toutes parts. Velleius Paterculus, dans une phrase concise, résume toutes ces qualités et recommande le talent d'invention de Pomponius[2]. Outre le mérite d'avoir traité des sujets nouveaux, il se peut que Pomponius ait eu celui de créer d'heureuses expressions, car Macrobe nous

1. Calpurnius Piso apud Merulam (Ennii Annal., fragment.), p. 308, et Priscian. vi, p. 726 — Priscian., iii, voc. *Senex*, p. 002, édit. Putsch : « *Hic* et *hæc senex* vetustissimi proferebant. Pomponius in epigrammate. . refert : *tua amica senex est.* »

2. Velleius, ii, 9, 5. « Sane non ignoremus eâdem ætate fuisse Pomponium, sensibus celebrem, verbis rudem et novitate inventi operis a se commendabilem. »

apprend qu'Afranius et Cornificius lui en dérobaient quelquefois et que Virgile en déguisait l'emprunt par une application nouvelle[1]. Les pieds de trois syllabes, le tribraque surtout, furent introduits peut-être par lui dans les vers de l'Atellane ; les tétramètres catalectiques y furent employés plus souvent encore[2]. Les débris qui nous restent en fournissent de nombreux exemples. Nous avons soixante-quatre titres de pièces que composa Pomponius. Comparé aux autres qui nous restent, ce nombre, qui leur est supérieur, décèle dans Pomponius une prodigieuse fécondité d'esprit. On peut remarquer de plus qu'il était de Bologne, le berceau du *Docteur* actuel de la farce italienne, et que plusieurs de ses créations dramatiques ont pu être inspirées par les jeux scéniques de sa patrie.

Nous n'avons pas autant de détails sur Novius, autre écrivain d'Atellanes. Les conjectures de la plupart des commentateurs le font contemporain de Pomponius, et deux passages de Macrobe, où Novius est nommé avant Pomponius[3] pourraient faire croire que celui-ci a suivi l'autre, s'ils n'étaient formellement contredits par la précision du témoignage de Velleius[4]. Il est possible de faire accorder entr'elles les assertions des deux écrivains en admettant que Novius, quoique du même temps que Pomponius, n'écrivit qu'après lui des Atellanes. Macrobe cite Novius comme un écrivain fort estimé[5], et nous découvrons dans la correspondance de

---

1. Voir Macrob., Sat. vi, 4, au sujet du mot *deductum*.

2. Marius Victor., ii, 2527 : « Quod genus nostri in Atellanis habent ; gaudent autem trisyllabo pede et maxime tribracho. Exemplum hujus :

Musæ Jovem laudate et agiles datæ choros.

Cf. Marius Victor., ii, 2527. — Terent. Maurus, édit. Putsch, 2436.

3. Macrob. Satur., ii, 1. «*Novius* vero *Pomponiusque*, qui non rarò.»
— *Id.* i, 10. — « Caius Memmius qui post *Novium* et *Pomponium*. »

4. Voir la note 2 page précédente.

5. Macrob. Satur., i, 10, lui donne l'épithète de *probatissimus*.

Fronton et de Marc-Aurèle que celui-ci avait conçu un goût tout particulier pour les petites Atellanes (*atellaniolas*) de Novius [1]. Les titres des pièces de Novius parvenues jusqu'à nous sont au nombre de quarante et un. Dans les vers qui nous restent de lui nous retrouvons l'emploi du même mètre que nous avons, d'après nos fragments, signalé dans Pomponius. Enfin le passage cité de Macrobe prouverait que cet écrivain s'était élevé à une renommée peut-être aussi haute que son contemporain. C'est là, avec une mention humiliante de Tertullien [2], tout ce que nous savons de Novius.

Après Novius, l'éclat des Atellanes se perdit [3]; il resta longtemps éclipsé par celui des Mimes et des Pantomimes; il ne reparut dans la suite qu'avec Caïus Memmius, le dernier écrivain d'Atellanes connu. Nous sommes sans renseignements sur l'existence de ce Memmius ou Mummius; mais il résulte certainement des succès que l'Atellane reconquit sous les empereurs la présomption que c'est sous les premiers d'entre eux, sous Auguste peut-être, que vécut Memmius. Nous n'avons que le titre d'une seule de ses pièces [4] et trois fragments sans importance. Son autorité est rarement invoquée par les grammairiens : Nonius même l'a regardée comme douteuse [5].

Tels sont l'origine, le caractère, les personnages et les auteurs de la scène des Atellanes. Ses vicissitudes, dont le

1. Front. ad M. Cæsar, ii, p. 81. — Cf. *Id.* iv, 12 et note de Mai.
2. Tertull. de Pallio, ch. iv.
3. Macrob., i, 10. — « Caius Memmius quoque qui post Novium et Pomponium *diu jacentem* artem Atellanam suscitavit. »
4. *Junius* (ap Charis., p. 118, édit. Putsch, voc. *Testu*).
5. Nonius, voc. *Clivus* : « Clivus gener. masc. ut plerumque. Neutri apud Memmium invenimus, *cujus auctoritas dubia est.* »

manque de pièces entières nous dérobe la plus grande partie,
ont été montrées dans leurs phases principales, et quelquefois rétablies par la conjecture. Comme tous les jeux destinés
aux plaisirs des classes inférieures, elle subit le sort ou les
caprices de l'esprit populaire. Grossière d'abord comme les
premiers siècles de Rome, puis variant ses tableaux et ses
personnages au moment où Rome modifiait sa littérature et
sa constitution, où Sylla, renonçant à la dictature, s'essayait
à des compositions du genre de l'Atellane, elle est à peine
nommée au milieu des troubles civils qui vont ensanglanter
la république. Le peuple a des intérêts trop chers, trop puis-
sants à défendre, pour songer aux divertissements du théâtre ;
César est un maître trop habile et trop ombrageux pour pro-
téger la liberté du drame plébéien. Ranimée sous les premiers empereurs, effroi des oppresseurs, divertissement et
vengeance des opprimés, l'Atellane plus tard, perdue par ses
propres excès, effacée par la vogue des mimes sous les An-
tonins [1], n'est plus qu'une curiosité de cabinet pour quelques-uns, un sujet de blâme et d'imprécations dans la bouche
des premiers Chrétiens [2]. Il n'en pouvait guères être autre-
ment. Les vertus des nouveaux empereurs, en désarmant la
satire politique, ôtaient aux Atellanes leur attrait le plus
populaire. Le goût et la langue des Grecs, répandus partout, rendaient plus indifférent aux créations du vieux
génie latin. Les règnes courts et sanglants de quelques
princes laissaient à peine aux haines personnelles le temps

1. M. Anton. Philos. de Rebus suis, XI, 6 : καὶ λοιπὸν ἡ νέα (κωμῳδία)
ἡ κατ' ὀλίγον ἐπὶ τὴν ἐκμιμήσεως φιλοτεχνίαν ὑπερρύη. — Cf. Lydus, loc.
cit. : Μιμικὴ ἡ νῦν δῆθεν μόνη σωζομένη.

2. Tertull. de Spectacul., cap 17 : Ita summa gratia ejus (theatri)
de spurcitia plurimum concinnata est, quam *Atellanus Gesticu-
lator*, quam *mimus* etiam per mulieres repræsentat.—Cf. *Id. de
Pallio*, cap. IV. — Arnob., *advers. Gent.*, VII, p. 239 sqq. —
Ammian. Marcell., XXVIII, 4, éd. Bip. : Undè si ad *theatralem* ven-
tum fuerit *vilitatem*, etc., etc.

de se former : les uns , par l'empire de la force brutale sans le mélange des goûts littéraires des premiers Césars , les autres , par leur origine étrangère ou barbare , étaient un obstacle à l'essor de l'esprit indigène. Le christianisme, enfin , venant régénérer le monde et substituer la pureté et la vraie grandeur à toutes les corruptions du monde païen , devait, comme il l'a fait , flétrir et rabaisser encore cette littérature qui avait à peu près suivi la décadence du paganisme. Après tant de causes, ce sont les mépris de la chaire chrétienne, les tendances épurées de tous les esprits, qui ont fait oublier ces œuvres, curieuses jusque dans leur dépérissement, où le bon sens populaire tenait encore plus de place que l'art, et ont ainsi contribué à les empêcher d'arriver intactes jusqu'à nous. Il faut éternellement regretter, comme une lacune pour les lettres, cette mutilation et cette perte des monuments d'une partie intéressante et presque ignorée du monde ancien.

CLASSEMENT

DES ATELLANES

D'APRÈS LEURS GENRES DIVERS.

(**Les** pièces dont l'existence et le genre sont douteux sont marquées
d'un point interrogatif.

Atellanes de Pomponius (64 pièces).

SUJETS CHAMPÊTRES :

1. Agricola, vel. Pappus Agricola (ap. Non. voc. *munducatur, ibus, fervit, desubito*).
2. Aruspex, vel Præco Rusticus (Non. v. *puriter*).
3. Asina, vel Asinaria (Non. v. *auscultare*).
4. Arista (Non. v. *irascere*).
5. Aleones (Non. v. *alant*).
6. Augur (Non. v. *esuribis*).
7. Campani (Non. v. *publicitus*).
8. Capella (ap. Charis., I, p. 59).
9. Ergastulum (Non. v. *rarenter*).
10. Placenta (Non. v. *intyba*).
11. Porcetra, vel Porcaria (Non. v. *Cossim.—A. Gell.*, XVIII, 6).
12. Rusticus (Non. v. *dapsile*).
13. Sarcularia (Non. v. *suppilare*).
14. Vacca, vel Marsupium. (Prisc. X, p. 885, édit. Putsch).
15. Verres ægrotus (Non. v. *frustratim*).

MASQUES DE CARACTÈRE :

1. Bucco adoptatus (Non. voc. *propera im, taxim*). (Voc. *Jentare*, Nonius parle d'un *Bucco adoptatus* d'Afranius).
2. *Id.* auctoratus (Non. voc. *torviter*).
3. Hirnea Pappi (Non. v. *verminari*).
4. Maccus (Non. v. *attendere*).
5. Macci Gemini (Non. v. *venibo*).
6. Maccus miles (ap. Charis. I, 99).
7. Maccus sequester (Non. v. *fulgit*).
8. *Id.* virgo (Non. v. *verecunditer*).
0. Pappus agricola (voir ci-dessus).
9. *Id.* præteritus (Non. v. *vagas*).
10. Pannuceati? (Non. v. *rutrum*).
11. Pytho Gorgonius (Non. v. *pervenibunt*).
12. Sponsa Pappi (Non. v. *cognoscere*).

—

FABLES RHYNTHONIENNES :

1. Agamemnon suppositus (Non. v. *expergisceret*).
2. Marsyas (Arnob. adv. Gent. II, p. 43, édit. Stewech.).

ARTISANS, PROFESSIONS :

1 Ædituus (ap. Gell., XII, 10).
2. Conditiones (Non. v. *edim.*)
3. Decuma fullonis (Festus v. *te-metum*).
4. Fullones (Non. v. *fervat*),
(le même. voc. *fuam* et *argutari*,
attribue un *Fullones* à Titinius).
5. Leno (ap Charis . I, p. 60).
6. Medicus (Non. *Rhetorissat*).
7. Pic ores (Non. *strena*).
8. Piscatores (Non. v. *merum*).
9. Pistor (Non. v. *comest*).
10. Præco posterior (Non. v. *se-nica*).
11. Portitor vel. Portus (Non. voc. *vepres*)
12. Prostibulum (Non. v. *delirare*).

DIVERS :

1. Adelphi (Non. v *datatim*).
2. Annulus posterior (Non. v. *repe-ribitur*).
3. Collegium (Non. v. *expalpare*).
4. Concha? (Non. v. *eliminare*).
5. Cretula seu Petitor? (N. v. *ominas*).
6. Dotata (Non. v. *paulisper*).
7. Dives (Non. v. *palumbi*).
8. Galli Transalpini (Macrob., VI,
9. — Gell. XVI, 6).
9 Hæres Petitor (Non. v *lavi*).
10. Kalendæ Martiæ (Macrob., Sat. VI, 4)
11. Lar familiaris (Prisc., VI. p. 686).
12. Mævia (Gell., X, 24. — Macrob., Sat. I, 4).
13. Maialis (Non. v. *veget*).
14. Munda (Non. v. *suavies*).
15. Nuptiæ (Non. v. *condepsere*).
16. Patruus (Non. v. *mirabis*).
17. Philosophia (Non. v. *memore*).
18. Præfectus morum? (Non. v. *ope-ribo*).
19. Quinquatria (Non. v. *seplasium*).
20. Synephebi (ap. Charis., I, p. 108).
21. Satira (Prisc., VI, p. 679 et 726).
22. Syri? (Non. v. *lurcones*).
23. Verniones? (Non. v. *expedibo*).

Atellanes de Novius (41 pièces).

SUJETS CHAMPÊTRES :

1. Agricola (Non. v. *repuerascere*).
2. Asinius (Non. v. *rhetoricasti*).
3. Bubulcus cerdo (Non. v. *com-metare*).
4. Equuleus? (Prisc., VI, p. 681).
5. Gallinaria (Non. v. *sonticum*).
6. Lignaria? (Prisc., V, p. 657. — Gell., XV, 13).
7. Picus (ap. Festum, v. *Rutabu-lum*).
8. Vindemiatores (Non. v. *pro-gredi* pro *progredere*).

MASQUES DE CARACTÈRE :

1. Bucculo (Non. v. *edim*).
2. Duo Dossenni (Festus, v. *teme-tum*).
3. Macci (Non. v. *caseum*).
4. Maccus caupo (Fest. v. *nictare*).
5. *Id.* exul (Non. v. *limen*).
6. Mania medica? (Non. v. *pistil-lus*).
7. Pappus præteritus (Non. v. *capu-lum*).
8 Sanniones? (Non. v. *purpuris-sum*).

ARTISANS, PROFESSIONS :

1. Fullones (Non. v. *anima*).
2. Fullones feriati (Non. v. *comest*).
3. Præco posterior (Non. v. *labium*).

DIVERS :

1. Decuma seu Decumæ (Non. v. *pa-riter*).
2. Depatici? (Non. v. *dicebo*).

ARTISANS, PROFESSIONS :

4. Togularia? (ap. Fest. v. *quis-quiliæ*).

—

FABLES RHYNTHONIENNES :

1. Andromache (Serv. in Virgil., Georgic. **I**, 266).
2. Phœnissæ (Festus, v. *scirpus*).

DIVERS :

3. Dotata (Non. v. *artivit*).
4. Exodium (Non. v. *gallulare*).
5. Funus? (Fest. voc. *temetum*).
6. Gemini (Non. v. *festiviter*).
7. Hetæra? (Non. v. *artivit*).
8. Malevoli (Non. v. *percontat*).
9. Milites Pometinenses? (Non. v. *valgum*).
10. Mortis et vitæ judicium (Non. v. *esuribo*).
11. Optio (Non. v. *panus*).
12. Parcus? (Gell., **XVII**, 2. — Non. voc. *frunisci*).
13. Pedius (Non. v. *grassari*).
14. Philonicus (N. v. *penularium*).
15. Quæstio (Non. v. *suavies*).
16. Surdus (ap. Fest. v. *temetum*).
17. Tripertita (Non. v. *pingue est*).
18. Virgo prægnans (Non. v. *sapiri*).
19. Zona (Non. v. *duriter*).

Atellane de Memmius.

1. Junius? (ap. Charis., **I**, p. 118. — Cf. fragmenta Memmii Atellanarum in Prisc., **X**, p. 910. — Ap. Non. voc. *clivus*. — Ap. Macrob., Satur. **II**, **I**.

Dijon, 12 août 1842

Le doyen de la Faculté des Lettres,

STIÉVENART.

Permis d'imprimer,

Le Recteur de l'Académie de Dijon,

BERTHOT.